Adaptation de Daniela Burr
D'après le scénario de
Cliff Ruby et Elana Lesser
Texte français de Laurence Baulande

Éditions
SCHOLASTIC

Catalogage avant publication de Bibliothèque et Archives Canada
Burr, Daniela
Barbie au Bal des 12 princesses / adaptation de Daniela Burr;
texte français de Laurence Baulande.
Adaptation du scénario de Barbie in the 12 dancing princesses
par Cliff Ruby et Elana Lesser.
Pour les 4-8 ans.
ISBN 978-0-439-98583-3
I. Ruby, Cliff II. Lesser, Elana III. Baulande, Laurence
IV. Titre. V. Titre : Barbie au Bal des douze princesses.
PZ23.B858Ba 2007 j813'.6 C2006-905684-6

Remerciements particuliers à : Vicki Jaeger, Monica Okazaki, Rob Hudnut, Shelley Dvi-Vardhana, Jesyca C. Durchin, Shea Wageman, Jennifer Twiner McCarron, Trevor Wyatt, Greg Richardson, Derek Goodfellow, Genevieve Lacombe, Theresa Johnston, Michael Douglas, David Pereira, Jonathon Busby, Sean Newton, Zoe Evamy, Steve Lumley et Walter P. Martishius.

Édition publiée par les Éditions Scholastic,
604, rue King Ouest, Toronto (Ontario) M5V 1E1.

5 4 3 2 1 Imprimé au Canada 07 08 09 10 11

Chapitre 1
Les princesses s'amusent

Le roi Rodolphe, un souverain bon et bienveillant, a 12 filles. Toutes sont très belles et connues partout dans le royaume pour leur façon si gracieuse de danser et virevolter. On les appelle souvent les princesses dansantes.

Comme elles sont maintenant assez grandes, elles vont bientôt commencer à assister aux réceptions et aux soupers donnés par les royaumes voisins. C'est d'ailleurs pour cette raison que l'ambassadeur de Bulovia a demandé une audience au roi.

Le souverain bâille pendant que l'ambassadeur déroule un long parchemin. Ce dernier s'éclaircit la voix et annonce, d'un ton officiel :

— Mon courageux souverain et ma gracieuse reine m'autorisent, par la présente, à inviter les filles du roi Rodolphe à une réception...

Mais avant qu'il puisse prononcer un mot de plus, trois jeunes princesses arrivent en trombe dans la salle du trône.

— Papa, papa, regardez ce que j'ai trouvé! s'écrie la princesse Janessa, qui n'a visiblement pas remarqué que son père avait un visiteur.

— Vous n'allez pas le croire, ajoute la princesse Kathleen.

— Janessa, Kathleen, attendez-moi! crie Lacey, la plus petite des triplées, qui tente de rattraper ses sœurs.

L'ambassadeur regarde les jeunes filles avec surprise, puis reprend sa lecture.

— Comme je le disais... commence-t-il.

— C'est un scarabée à ailes bleues, continue

Janessa, tout excitée, sans prêter la moindre attention à l'ambassadeur.

Ouvrant ses mains en coupe, elle met le scarabée sous le nez de son père.

— Il fait un drôle de bruit quand il...

Avant que Janessa puisse finir sa phrase, le scarabée prend son envol. Il tourne autour de la tête du roi, puis se dirige vers l'ambassadeur.

Ce dernier ouvre la bouche pour parler, mais il est de nouveau interrompu, cette fois par le bruit d'une balle de croquet qui traverse la salle du trône, suivie des princesses Édeline et Délia, toutes deux munies de maillets.

— Nous ne faisons que passer, annonce Édeline.

— Ça ne prendra qu'une petite seconde, papa.

Avec son maillet, Délia frappe la balle, qui rebondit sur une chaise et manque de peu la tête du roi.

— Désolée, s'excuse Délia, j'ai trop tourné le poignet.

L'ambassadeur de Bulovia lève le nez en regardant les jeunes filles quitter la pièce.

— Vos filles sont-elles toutes comme ça? demande-t-il.

Comme pour lui répondre, deux autres princesses, les jumelles Hadley et Isla, entrent dans la pièce, juchées sur des échasses.

— Regardez, papa, nous pouvons aller... commence Isla.

— ... jusqu'à la porte, termine Hadley.

Isla fait un autre pas.

— Oooh! crie-t-elle en commençant à perdre l'équilibre.

Puis les échasses s'écroulent. En tombant, Isla heurte Hadley, et les jumelles s'effondrent par terre en riant.

L'ambassadeur ne peut en supporter davantage.

— Ce sera peut-être pour une autre fois, Votre Majesté, dit-il. Ces jeunes filles seraient la risée de la réception.

Le roi Rodolphe laisse échapper un long soupir. Si seulement la reine Isabella était là pour l'aider. Malheureusement, la mère des princesses est morte il y a bien des années. Pourtant, le roi doit faire quelque chose pour que les princesses améliorent leur comportement. Il leur en parlera au souper.

Plus tard, le roi et ses filles se retrouvent dans la salle à manger royale. Lorsque le roi prend place à table, il regarde ses 12 jolies filles : les deux aînées, Ashlyn et Blair, qui l'ont accueilli avec une bise; Courtney, qui a, comme toujours, le nez plongé dans un livre; Délia et Édeline, les deux sportives; Fallon, la romantique; Hadley et Isla, les jumelles espiègles; et, bien sûr, Janessa, Kathleen et Lacey, les petites triplées dont l'énergie est inépuisable.

Mais il manque une princesse.

— Où est Geneviève? murmure le roi pour lui-même.

Il n'a pas l'air vraiment surpris que sa fille de 16 ans soit encore en retard pour le souper.

Une petite tête poilue se dresse tout à coup sur la chaise de Geneviève. C'est Twyla, la chatte qui adore jouer. Elle saute sur la table.

— Twyla, descends de là, ordonne le roi.

À cet instant, la maîtresse de la chatte, la jolie princesse Geneviève, fait irruption dans la pièce.

— Je suis désolée d'être en retard, papa, s'excuse-t-elle.

Le roi sourit à sa fille, puis s'éclaircit la voix.

— Silence, s'il vous plaît, dit-il, en s'apprêtant à leur parler de leur comportement.

Malheureusement, à peine les princesses se sont-elles tues que le majordome annonce l'arrivée de Derek, le cordonnier de la cour, qui apporte un coffre plein de chaussures pour les jeunes filles.

Et pas n'importe quelles chaussures.

Des chaussons de danse!

La tentation est trop forte pour les princesses! Elles quittent la pièce à la course pour voir les trésors que Derek leur a apportés.

Le roi reste seul à table avec Twyla. Exaspéré, il

ne peut que secouer la tête.

— Bon appétit, Twyla, dit-il.

Et tous deux commencent à manger leur soupe.

Chapitre 2
Les chaussons de danse

Lorsque les jeunes filles entrent dans le jardin, Derek suit des yeux la princesse Geneviève. Elle est de loin la plus belle, avec ses longs cheveux blonds qui flottent au vent et ses grands yeux bleus. Le cordonnier pousse un soupir.

— J'adore ces couleurs! s'exclame la princesse Délia, tirant Derek de ses pensées.

— Vous êtes merveilleux, Derek, ajoute la princesse Ashlyn, qui vient de jeter un coup d'œil dans le coffre à chaussons.

Derek rougit un peu sous les compliments.

— Je... Je suis heureux qu'ils vous plaisent, Vos Altesses.

Soudain, un oiseau coloré vient se poser sur l'épaule du garçon.

— C'est moi qui lui ai tout appris, dit Félix le perroquet.

Toutes les sœurs de Geneviève ont choisi leurs chaussons. La jeune fille s'approche, à son tour, du cordonnier.

— Avez-vous quelque chose pour moi aussi? demande-t-elle timidement.

— Pour *vous*, il a travaillé toute la nuit, répond Félix.

Geneviève écarquille les yeux et regarde Derek avec étonnement. Derek rougit et chasse l'oiseau de son épaule.

— C'est... c'est juste un oiseau, murmure-t-il. Euh... il ne sait pas ce qu'il dit.

Le beau visage de Geneviève s'assombrit.

— Bien sûr, dit-elle en s'efforçant de cacher sa déception.

Troublé, Derek remet à Geneviève un paquet joliment enveloppé.

— C'est pour vous, dit-il doucement. J'espère que vous les aimerez, Votre Altesse.

Avant même que Geneviève ait le temps d'ouvrir le paquet, Hadley et Isla arrivent en courant et attrapent Derek par le bras.

— Est-ce que vous pourriez... commence Hadley.

— ... lacer nos chaussons, termine Isla.

Derek doit les suivre, laissant Geneviève seule.

— Tu as laissé passer ta chance, Roméo, dit Félix dans l'oreille de Derek, qui finit de nouer les lacets des jumelles.

— Quelle chance? soupire Derek avec regret. Je

suis un simple cordonnier. Elle ne me remarquera jamais.

Il tourne les yeux vers Geneviève. La princesse a déjà enfilé ses chaussons de satin rose et danse dans le jardin. La lumière dorée du soir éclaire son doux visage, et ses longs cheveux flottent dans le vent. Elle ressemble à un ange.

— Ce qui nous manque, c'est de la musique, dit la princesse Délia en bondissant vers sa sœur.

— De la musique? répète Félix, qui, aussitôt, tire une petite flûte de la poche de Derek avec son bec.

— Hé! s'écrie Derek en essayant de reprendre sa flûte.

— Est-ce que vous voulez bien jouer pour nous? demande Janessa.

— Comme il vous plaira, Votre Altesse, répond timidement Derek.

Il porte la flûte à ses lèvres et commence à jouer. Les 12 princesses dansent et virevoltent gaiement.

Le roi Rodolphe les observe par la fenêtre de la salle du trône. Il sait qu'elles ont besoin de conseils pour devenir de vraies princesses, mais il ne sait pas comment s'y prendre. Il lève les yeux vers le portrait de sa femme.

— Si seulement tu étais là, dit-il tristement.

Chapitre 3
L'arrivée de la duchesse

Une semaine après la visite désagréable de l'ambassadeur, une autre personne arrive au château. Cette fois, c'est la duchesse Rowena, la cousine du roi Rodolphe.

Rowena est très heureuse de faire partie de la famille royale, elle qui adore donner des ordres à tout le monde, en particulier à Desmond, son serviteur.

— Bienvenue, madame la duchesse, dit le majordome. Sa Majesté vous attend.

Soudain, un petit singe brun vient se camper aux pieds de Rowena.

— Juste ciel! s'exclame le majordome. Qu'est-ce que c'est que ça?

— Mon petit singe, Brutus, explique la duchesse. Ne me dites pas que le roi n'en a pas. Ils sont très tendance cette année.

Le majordome ne répond pas. Il se contente de conduire Rowena et son singe dans la grande salle, avant de partir à la recherche du roi. Une fois seule, Rowena commence à examiner tout ce qu'il y a dans la pièce. Elle effleure du bout du doigt une splendide nappe de brocart délicatement brodée et sourit avec convoitise.

— Mmm!... très jolie, murmure-t-elle.

Puis elle prend une petite boîte en argent et se regarde longuement dans le métal brillant.

— Parfait, se complimente-t-elle.

Entendant des pas, Rowena se retourne et s'incline profondément au moment où le roi entre dans la pièce.

— Votre Majesté, roucoule-t-elle.

— Rowena, dit le roi, je vous remercie d'avoir répondu si vite à mon appel.

— Je suis ravie de pouvoir vous être utile, cher cousin, lui assure Rowena. Comme c'est bon d'être de retour au château!

— Venez voir mes filles, elles vous attendent, dit le roi en conduisant sa cousine vers la salle du trône.

En entrant dans la salle, le roi et Rowena découvrent les princesses en rang pour les accueillir. Le roi présente ses filles l'une après l'autre.

Ashlyn, l'aînée, s'avance, puis fait une révérence. C'est ensuite le tour de Blair.

Le roi continue les présentations, nommant Courtney, Délia, Édeline et Fallon.

Fallon s'intéresse bien plus au singe qu'à la duchesse.

— Est-ce un vrai singe? demande-t-elle avec excitation. Puis-je le prendre?

— Non, ne le touche pas, répond sèchement Rowena. C'est un animal très rare. Je l'ai acheté à un marchand du Nouveau Monde.

Puis le roi désigne les jumelles, Hadley et Isla,

et les triplées, Janessa, Kathleen et Lacey.

Il s'arrête et compte ses filles. Il n'y en a que 11. Le roi Rodolphe soupire.

— Laissez-moi deviner, dit-il. Geneviève est...

— Juste ici, l'interrompt Geneviève qui arrive en courant dans la pièce, sa petite chatte Twyla sur les talons. Excuse-moi, papa.

Elle se retourne et fait une révérence à Rowena.

— Soyez la bienvenue, madame la duchesse.

— Merci, Geneviève, lui répond froidement Rowena. Dis-moi, es-tu toujours en retard?

— Eh bien... c'est-à-dire... oui, répond Geneviève en rougissant légèrement. Mais je fais beaucoup d'efforts.

Twyla se tient aux pieds de Geneviève et regarde Brutus avec curiosité. C'est la première fois que la chatte voit un singe. Brutus lui tire la langue.

Rowena se tourne vers le roi en soupirant.

— Vous avez bien fait de m'envoyer chercher, lui dit-elle. Et vous avez tout à fait raison. Vos filles sont horribles...

Puis, essayant de se rattraper, elle continue :

— Horriblement mal préparées à la vie de la cour.

— J'ai… euh… demandé à la duchesse Rowena de prendre en charge votre éducation, explique le roi à ses filles.

— Mais… commence Geneviève.

— Il n'y a pas de mais, l'interrompt son père. Vous devez apprendre à vous comporter comme de vraies princesses. La duchesse Rowena va vous aider et vous conseiller.

Rowena remarque les expressions consternées des 12 princesses.

— J'ai du pain sur la planche, dit-elle, en bougonnant.

À partir de ce jour-là, la vie des princesses change complètement. C'en est fini des journées passées à lire, à monter à cheval, à peindre et à jouer au tennis. Maintenant, les jeunes filles doivent consacrer tout leur temps aux leçons de Rowena. La duchesse leur apprend à déplier leurs magnifiques éventails en soie pour se cacher le visage, leur explique quelle fourchette elles doivent utiliser en premier au cours des dîners somptueux et les oblige à imiter sa manière de parler, froide et hautaine.

Pour être certaine que toutes les princesses restent bien concentrées, la duchesse leur interdit de porter leurs magnifiques robes, qu'elles doivent alors remplacer par des vêtements de toile grossière. Elle supprime leurs majestueux lits à baldaquin et donne à chacune un lit très simple avec une couverture de laine. Elle fait enlever de la chambre les insectes que Janessa aime tant et brise le tabouret que Lacey utilise pour grimper dans son lit.

En un mot, elle rend la vie des princesses très désagréable.

— Elle est si méchante, grommelle un soir Fallon, après s'être allongée dans son petit lit étroit.

— Si papa savait comment Rowena nous traite, il changerait d'avis, dit Geneviève.

— Parle-lui, toi, Geneviève, supplie Blair.

Geneviève soupire en s'enroulant dans sa couverture piquante. Elle parlera à son père avec plaisir. Mais voudra-t-il l'écouter?

— Alors, où en étions-nous? demande le roi Rodolphe à Geneviève le lendemain matin, alors qu'ils jouent ensemble aux échecs. Ah, oui, mon fou attaquait ta reine.

Geneviève aime beaucoup jouer aux échecs avec son père. Peu importe qui gagne, le jeu les rapproche tous les deux. C'est pourquoi Geneviève a choisi ce moment précis pour parler à son père de Rowena.

— Papa, je me demandais... commence doucement Geneviève tout en déplaçant sa tour vers le fou de son père. À propos de cousine Rowena...

— Elle est charmante, n'est-ce pas?

Ce n'est pas exactement le terme qu'aurait choisi Geneviève pour décrire la duchesse. Cependant, la princesse sent qu'elle doit dire quelque chose de gentil.

— Elle est très... euh... élégante, répond la jeune fille. Mais elle est en train de tout changer.

— C'est ce que je lui ai demandé de faire, réplique son père.

— Mais tout allait très bien avant, insiste Geneviève.

Soudain, la voix hautaine de Rowena résonne dans la pièce :

— Ça alors, ce n'est pas tout à fait ce qu'on m'avait dit, Geneviève...

La princesse pivote sur son siège. Ses yeux rencontrent le regard courroucé de la duchesse.

— Mais peut-être que Geneviève a raison, Votre Majesté, continue Rowena. Il y a tellement de travail que vous auriez plutôt besoin de toute une équipe... Des professeurs pour le protocole, la diction, les langues étrangères, l'étiquette, le style. Cela m'épuise rien que d'y penser. Il est sans doute préférable que je parte.

— Non, non, Rowena, intervient le roi. Mes filles ont besoin de vous. Ce serait bien trop embarrassant pour elles si je faisais venir un grand nombre de tuteurs au château.

— Eh bien, si vous pensez vraiment que je peux être utile, roucoule la duchesse.

— C'est décidé, alors, dit le roi Rodolphe à Geneviève. Vous devez toutes obéir à la duchesse. Elle sait ce qui vous convient le mieux.

Une expression de triomphe envahit le visage

de Rowena. La princesse se lève d'un bond et quitte la pièce, vaincue.

— Je déteste la voir aussi bouleversée, dit le roi Rodolphe, inquiet.

— Les filles sont tellement sensibles, réplique Rowena. Ce qu'il leur faut, c'est quelqu'un pour les guider.

Elle tend une tasse de thé au roi.

— Essayez ce thé, mon cher cousin. Doux et rafraîchissant.

Le roi prend la tasse qu'elle lui tend. Rowena lève la sienne pour porter un toast.

— À votre... *santé*, murmure-t-elle.

Le roi Rodolphe boit son thé à petites gorgées, les yeux fixés sur la porte. Il pense à Geneviève.

Chapitre 4
Les cadeaux de la reine Isabella

Cette nuit-là, peu avant l'aube et pendant que les triplées dorment tranquillement, les autres princesses décorent en toute hâte leur triste chambre. Elles disposent des fleurs des champs au doux parfum sur trois petites chaises pour les faire ressembler à des trônes. Puis elles commencent à chanter une jolie chanson.

— Joyeux anniversaire, Janessa, Kathleen et Lacey, chante Geneviève, réveillant doucement les petites filles.

Lorsque les triplées ouvrent les yeux, leurs

sœurs les couvrent de pétales de roses. Puis, au moment où les premiers rayons de soleil entrent par la fenêtre ouverte, les 12 princesses se mettent à danser.

Les jeunes filles ignorent que Brutus, le petit singe sournois de Rowena, est en train de les observer. Il court avertir sa maîtresse de ce qui se passe dans la chambre des jeunes filles.

Quelques minutes plus tard, la duchesse apparaît dans l'embrasure de la porte.

— Vous êtes en retard, grogne-t-elle.

— Mais, madame la duchesse, nous sommes en train de célébrer un anniversaire très spécial, explique Geneviève.

— Ce n'est pas une excuse, répond Rowena, furieuse. Tant que vous n'aurez pas appris les bonnes manières, il n'y aura aucune célébration.

— Mais nous dansons toujours pour nos anniversaires, insiste Geneviève. Maman en avait fait une tradition familiale.

— Malheureusement, votre mère n'est plus là, lui rappelle durement la duchesse. C'est moi qui vois à votre éducation. À partir de maintenant, il est interdit de danser. Et de chanter aussi.

Même si Rowena peut interdire aux princesses de danser, elle n'a pas le pouvoir d'effacer de leur mémoire les merveilleux souvenirs que leur mère leur a laissés. Ce soir-là, alors que les princesses se préparent à aller au lit, les triplées reçoivent un cadeau très spécial de leurs grandes sœurs.

— Quand nous avons eu cinq ans, maman nous a donné à chacune un exemplaire de son livre préféré, explique Geneviève aux petits filles pendant qu'elles déballent leurs cadeaux.

— Elle en avait fabriqué un pour chacune de nous, ajoute Ashlyn.

Lacey essaie de déchiffrer les mots écrits sur la couverture.

— Les prin... cesses dan... santes.

Fière des efforts de sa sœur, Geneviève lui sourit. Puis elle lui prend doucement le livre des mains et commence à lire. Les trois petites filles sont captivées par l'histoire d'une magnifique princesse qui danse dans un monde merveilleux.

— La princesse dansait dans la pièce, sautant d'une dalle magique à l'autre, lit Geneviève. Puis, sur la douzième dalle, elle fit trois pirouettes et, à sa grande surprise, un passage secret s'ouvrit devant elle.

— Où menait-il? demande Janessa très excitée.

Geneviève poursuit sa lecture, décrivant une contrée où les arbres sont couverts d'or et d'argent, et où les fleurs sont faites de bijoux. Les petites filles ouvrent de grands yeux lorsqu'elles entendent que la princesse, l'héroïne du livre, peut danser autant qu'elle le veut dans ce magnifique endroit. Puis elles soupirent tristement quand leur grande sœur explique que le pays magique disparaît pour toujours après que la princesse y a dansé pendant trois nuits.

Lorsque Geneviève arrive à la fin de l'histoire, les petites princesses sont fatiguées. Lacey essaie de grimper dans son lit, le livre dans les mains. Mais elle le laisse échapper, et il glisse sur le sol.

Geneviève se penche aussitôt pour le ramasser, et s'arrête net; elle vient de remarquer quelque chose d'étrange.

La fleur dessinée sur la couverture du livre ressemble à s'y méprendre à l'une de celles qui apparaissent sur le plancher de leur chambre.

En toute hâte, Geneviève prend le livre de Kathleen et trouve par terre la fleur qui correspond à celle de la couverture.

Toutes les princesses observent Geneviève. Puis l'une après l'autre, elles prennent leur livre et cherchent leur fleur parmi les dalles.

— J'ai trouvé la mienne, annonce Blair.

— Moi aussi, dit Courtney. Qu'est-ce que cela veut dire?

— L'histoire dit que la princesse danse d'une dalle à l'autre... commence Geneviève.

Elle bondit gracieusement en passant d'une fleur à l'autre, mais, lorsqu'elle parvient à la fin du sentier fleuri, il ne se passe rien.

— Il faudrait peut-être essayer un ordre différent? s'interroge-t-elle à haute voix. De la plus grande à la plus petite...

Geneviève se retourne et saute sur la fleur qui correspond à celle de sa sœur aînée, Ashlyn. Un bruit de carillon leur parvient alors de sous le plancher. Puis elle bondit sur la fleur de Blair et de Courtney. Chaque fois que l'un de ses pieds se pose sur une fleur, une nouvelle note de musique résonne dans la chambre.

Le cœur battant à tout rompre, Geneviève atteint la dernière fleur, la même que celle qui est dessinée sur la couverture du livre de Lacey.

Étrangement, il ne se passe rien. Les jeunes filles n'entendent même pas de carillon.

— Pourquoi la mienne ne marche-t-elle pas? demande Lacey.

Geneviève réfléchit un moment.

— J'ai oublié quelque chose, conclut-elle. La princesse, dans le livre, fait trois pirouettes, ajoute-t-elle en virevoltant gracieusement. Et à la troisième pirouette...

Juste à ce moment-là, le plancher glisse sur le côté, révélant un escalier. Tout en bas brille une lumière qui invite les jeunes filles à descendre les marches vers un monde merveilleux.

Chapitre 5
L'île d'or et d'argent

Courageusement, Geneviève commence à descendre, accompagnée de Twyla sa petite chatte. L'une après l'autre, les princesses les suivent, traversant la lumière magique pour entrer dans un autre monde.

— Je rêve sûrement, murmure Ashlyn alors qu'elle contemple le grand lac qui miroite devant elles. Pincez-moi.

— Je fais le même rêve que toi, lui répond Blair, ébahie, les yeux fixés sur le bateau doré qui semble les attendre.

Au milieu du lac, les princesses remarquent une petite île, au centre de laquelle se dresse un

magnifique kiosque doré, entouré de fleurs-bijoux et d'arbres couverts d'or et d'argent. Vite, elles montent à bord du bateau et traversent le lac. En un instant, elles arrivent au kiosque.

Très excitée, Geneviève s'élance sur la piste de danse.

— Lacey, viens danser avec moi, dit-elle en prenant sa sœur par la main et en la faisant tournoyer.

Lacey glousse de plaisir.

— J'aimerais tant avoir un peu de musique, murmure Geneviève.

À peine a-t-elle prononcé ces mots que les

pétales d'une des fleurs-bijoux s'ouvrent et projettent une fine poussière magique sur les instruments de musique qui jonchent le sol. Soudain, les instruments prennent vie et commencent à jouer une musique entraînante. Le vœu de Geneviève a été exaucé.

La musique est irrésistible. Les princesses se mettent à danser; elles virevoltent, bondissent et glissent sur le plancher. Des sourires radieux éclairent leurs visages. Elles se sentent heureuses et libres.

Lacey essaie de suivre ses sœurs, mais elle ne peut pas tourner aussi vite. Elle perd l'équilibre,

tombe et s'érafle le genou. Ses yeux se remplissent de larmes.

Geneviève accourt.

— Tu dansais très bien, affirme-t-elle tout en conduisant sa sœur vers le bord du lac.

Elle fait couler un peu d'eau sur le genou de Lacey. L'eau scintille et, aussitôt, la blessure de la fillette guérit.

Lacey est stupéfaite. Alors que Geneviève retourne sur la piste de danse, la plus petite des princesses forme une coupe avec ses deux mains et recueille un peu de l'eau magique.

« J'en aurai besoin tous les jours », se dit-elle.

Les jeunes filles dansent toute la nuit jusqu'à ce que, finalement, les triplées se sentent trop lasses pour continuer. Elles s'assoient sur un banc doré et s'endorment en un clin d'œil.

— Il doit être tard, dit Geneviève en les réveillant.

Elle regarde ses nouveaux chaussons de danse, ceux que Derek a fabriqués pour elle.

— Mes chaussons sont complètement usés.

— C'est un signe, tu sais, lui dit Ashlyn.

— Un signe de quoi? demande Geneviève.

— Que nous avons assez dansé pour cette nuit, répond Ashlyn. Nous ferions mieux de rentrer avant que Rowena découvre que nous sommes parties.

Le lendemain matin, Rowena trouve, devant elle, 12 princesses épuisées.

— Qu'avez-vous fait la nuit dernière? leur demande-t-elle.

Les jeunes filles se regardent, ne sachant que répondre. Mais avant qu'elles aient le temps de

prononcer le moindre mot, le majordome apparaît à la porte.

— Un visiteur pour madame la duchesse, annonce-t-il. Un certain M. Fabian est ici.

Rowena sourit légèrement.

— Ah oui, dit-elle en se hâtant vers la porte. Je l'attendais.

Alors que Rowena quitte la pièce en vitesse, le majordome transmet un second message.

— Le roi demande à ses filles de le rejoindre dans ses appartements.

Janessa bondit de joie.

— Allons raconter à papa ce qui s'est passé la nuit dernière! s'écrie-t-elle en se précipitant vers la chambre de son père.

Chapitre 6
Un terrible mystère

— Ah, voilà mes fleurs sauvages! s'exclame le roi Rodolphe, qui se dresse dans son lit à la vue des princesses.

Geneviève observe son père avec inquiétude. Il est rare que le roi soit encore au lit à cette heure de la journée.

— Êtes-vous malade? demande-t-elle.

— Je suis juste fatigué, la rassure le roi.

Puis il se tourne vers les triplées.

— Nous devions fêter votre anniversaire, mais je me suis endormi. Est-il trop tard pour vous donner vos cadeaux?

— Non! crient les trois petites filles à l'unisson.

Le roi tend le bras vers sa table de nuit, prend trois petites boîtes rondes et en donne une à chacune des triplées. Chaque boîte contient un médaillon. Janessa, Kathleen et Lacey sont ravies.

Mais Geneviève ne parvient pas à partager leur bonheur. Jetant un coup d'œil par la fenêtre, elle aperçoit Rowena près de l'entrée réservée au personnel du château. La duchesse remet un petit paquet à un homme vêtu d'un grand manteau bleu.

Geneviève en est certaine, il se passe quelque chose de terrible.

La princesse ne se doute pas qu'elle a tout à fait raison. Quand Rowena rentre au château, le singe Brutus l'accueille dans la salle du trône. Il agite avec frénésie un chausson de danse usé devant les yeux de la duchesse. Rowena examine le chausson attentivement.

— Usé jusqu'à la corde. Ces jeunes filles gâtées sont sorties hier pour danser avec des princes.

Soudain, elle se rend compte de ce que cela pourrait signifier pour elle.

— Si des princes tombent amoureux de ces petites idiotes, mon plan échouera, souffle-t-elle.

Rowena entend alors les princesses chanter.

— Qu'est-ce qu'elles font encore? se demande-t-elle en grognant.

Attrapant un plateau de thé, elle se rue vers la chambre du roi.

— Je croyais que vous aviez mal à la tête, Votre Majesté, s'exclame-t-elle en surgissant dans la pièce sans se faire annoncer.

— C'est exact, mais j'adore que mes filles chantent pour moi, explique le roi.

Rowena secoue la tête.

— Vous êtes si pâle, cher cousin, roucoule-t-elle en lui versant une tasse de thé.

Puis, se tournant vers les princesses, elle ajoute :

— Ça suffit maintenant, mesdemoiselles. Sortez.

— Papa, vous devriez peut-être faire venir le médecin? suggère Geneviève.

Rowena lui lance un regard méchant, mais se tait.

Une heure plus tard, le médecin de la cour est au chevet du roi. Il l'examine des pieds à la tête, puis annonce :

— Votre Majesté, si vous continuez à vous reposer et si vous prenez cet élixir, vous serez bientôt guéri, j'en suis certain.

— Ce sont là d'excellentes nouvelles, dit le roi.

Rowena prend alors le médicament des mains

du médecin.

— Permettez-moi, dit-elle d'un ton doucereux.

— Vous devrez lui donner ce médicament deux fois par jour, précise le médecin en prenant congé.

Rowena l'accompagne hors de la chambre du roi. Elle attend qu'il ait quitté le château, puis, avec un sourire diabolique, elle verse vite le médicament dans le pot d'une plante verte.

Pendant que Rowena fait semblant de s'occuper du roi, les princesses sortent dans le jardin devant le château. Impatientes, elles se pressent autour de Derek qui vient d'arriver avec un nouveau coffre plein de chaussons.

— J'ai apporté de nouveaux chaussons, comme vous l'avez demandé, annonce le beau cordonnier aux princesses. Les autres n'étaient-ils pas à votre goût?

— Oui, bien sûr, le rassure Ashlyn. Mais ils sont complètement usés.

— Nous avons beaucoup dansé, explique

Geneviève, bondissant sur 12 dalles imaginaires, puis faisant trois pirouettes, comme la nuit précédente. Un moment merveilleux, soupire-t-elle.

Ashlyn s'approche de Derek et lui tend une paire de chaussons tout usés.

— Pouvez-vous les réparer? dit-elle.

Derek examine les chaussons avec attention.

— Est-ce que c'est de la poudre d'or? demande-t-il.

— C'est un secret, répond Geneviève avec un sourire taquin.

— Oh, oui, bien sûr, dit Derek un peu troublé. Je ne voulais pas être indiscret.

Puis il tend à Geneviève une nouvelle paire de chaussons.

— J'espère que ceux-ci dureront plus longtemps, ajoute-t-il.

Puis il fait demi-tour et s'éloigne.

Geneviève s'élance derrière lui.

— Vous n'avez pas été indiscret, dit-elle au jeune homme en le rattrapant. Derek, puis-je vous demander un service?

— À moi, Votre Altesse?

Geneviève hoche la tête.

— Ce matin, j'ai vu la duchesse Rowena remettre quelque chose à un homme. Un certain M. Fabian. Pouvez-vous vous renseigner pour savoir qui est cet homme?

Derek acquiesce. Jamais il ne refuserait quoi que ce soit à la princesse Geneviève.

Chapitre 7
Le secret révélé

Rowena ne veut plus prendre de risques. Quand les jeunes filles vont se coucher ce soir-là, elle demande à Desmond, son serviteur, de monter la garde toute la nuit devant leur porte.

Mais bien sûr, ce n'est pas par la porte que les princesses vont s'échapper. Quand elles sont certaines que Rowena s'est retirée dans ses appartements, Geneviève danse dans la chambre jusqu'à ce que la dalle s'écarte et que l'escalier magique réapparaisse. Puis les jeunes filles se hâtent de descendre, montent à bord du bateau doré et traversent le lac jusqu'au kiosque féerique.

Ashlyn lance un regard à une fleur-bijou

suspendue à un treillis.

— J'aimerais avoir de la musique de ballet, dit-elle.

Aussitôt, les pétales de la fleur s'ouvrent et projettent de la poudre d'or. Le son harmonieux d'un orchestre retentit dans l'île.

Comme d'habitude, Geneviève est la première à danser. Ses sœurs se joignent vite à elle, toutes heureuses d'échapper à Rowena. Ici, au moins, les princesses sont libres.

Pendant qu'elles dansent, Derek et son oiseau Félix parcourent le royaume dans une calèche, à la recherche de M. Fabian. Ils l'aperçoivent enfin sur le sentier devant eux, très loin du château.

Mais dès que M. Fabian voit Derek, il donne un grand coup d'éperon à son cheval et s'enfuit. Heureusement, le cheval de Derek est rapide, lui aussi. Au bout de quelques minutes, Derek réussit à dépasser le fuyard et l'oblige à s'arrêter.

— On m'a demandé de me renseigner sur les affaires que vous faites avec la duchesse, lui dit le cordonnier.

— Cela ne regarde que la duchesse et moi, réplique M. Fabian.

— Vous ne voulez sûrement pas que mon maître se mette en colère, prévient Félix. La dernière fois qu'un homme a refusé de lui répondre, on ne l'a plus jamais revu.

— Voyons, Félix, ce n'est pas vrai, gronde Derek.

Félix hausse les épaules.

— Oui, tu as raison. On a retrouvé une de ses chaussures.

Félix a, bien sûr, inventé toute cette histoire, mais M. Fabian ne le sait pas.

— Je suis un simple apothicaire, répond-il

nerveusement. Je vends des herbes et des remèdes.

— Qu'avez-vous vendu à la duchesse? demande Derek, soupçonneux.

— Je ne voulais rien lui vendre. Elle ne paie jamais.

M. Fabian prend un petit paquet dans son sac.

— Mais cette fois, elle a réglé sa dette, ajoute-t-il en défaisant le paquet pour en sortir une coupe en argent finement ciselée.

Derek approche sa lanterne pour regarder la coupe de plus près.

— Sa Majesté la reine Isabella, lit-il, stupéfait.

La princesse Geneviève aura le cœur brisé quand elle saura qu'un objet précieux ayant appartenu à sa mère est entre les mains de ce personnage hypocrite.

— Je vous l'achète, déclare Derek.

— Tu plaisantes! s'écrie Félix. Que pourrions-nous donner en échange de cette coupe en argent? Nous n'avons rien d'assez précieux.

— Un oiseau qui parle pourrait faire l'affaire,

suggère M. Fabian.

Derek penche un peu la tête, comme s'il réfléchissait à cette proposition. Devenu très nerveux, Félix regarde son maître. Heureusement pour lui, Derek ne prend pas vraiment cette suggestion au sérieux. Il donne à l'apothicaire sa calèche et son cheval, en échange de la coupe en argent. Pendant que M. Fabian s'éloigne, le jeune cordonnier commence à marcher le long du chemin.

— Où va-t-on? demande Félix.

— Nous allons rapporter ceci à la princesse Geneviève, répond Derek en montrant la coupe.

— Mais ça va nous prendre des heures, grommelle Félix.

Derek le regarde d'un air sévère.

— Ne me fais pas regretter de t'avoir gardé, toi, au lieu du cheval et de la calèche.

Félix ne prononce plus un seul mot pendant tout le trajet.

Chapitre 8
Une décision difficile

Le lendemain matin, Rowena se réveille plutôt contente d'elle-même. Tout semble aller pour le mieux. Le roi s'affaiblit d'heure en heure, et Desmond lui a assuré que les princesses étaient restées dans leur lit toute la nuit.

Mais quand la duchesse entre dans la chambre des jeunes filles, elle les trouve toutes profondément endormies. Pire encore, elle aperçoit les 12 paires de chaussons complètement usées.

— Tout le monde en rang! crie la duchesse, très en colère. Allez, allez, debout!

Les princesses sautent de leur lit et, toujours à moitié endormies, réussissent à se mettre en rang devant la duchesse.

— Où avez-vous dansé la nuit dernière? demande Rowena.

Elle pointe le doigt vers Édeline.

— Réponds, Délia.

— Moi, c'est Édeline, souffle la jeune fille, effrayée.

— Ça m'est égal! hurle la duchesse. Réponds!

— Nous... nous avons dansé au kiosque.

Rowena se retourne brusquement et lance un regard méchant à Kathleen.

— Comment êtes-vous allées là-bas?

— C'est le bateau magique qui nous y a emmenées, murmure craintivement Kathleen.

— Pour qui me prends-tu? réplique Rowena en roulant les yeux.

Se tournant vers Lacey, elle s'écrie :

— C'est toi la plus petite. Dis-moi la vérité, ou vous allez toutes le regretter.

Geneviève bondit devant sa petite sœur.

— Vous n'avez pas le droit de lui parler de cette façon, intervient-elle bravement.

— Et toi, comment oses-tu me répondre d'une manière aussi insolente? grogne Rowena. Vous ne valez pas mieux que de simples servantes. Peut-être que si je vous traite comme des domestiques, vous y réfléchirez à deux fois avant de me mentir. Ce matin, vous allez nettoyer le jardin devant le château. Je veux qu'il soit impeccable.

— Mais... commence Geneviève.

— Tut-tut, l'interrompt Rowena. Tu te montres encore insolente? Dans ce cas, vous laverez aussi les escaliers.

Les princesses mettent toute la journée à frotter les marches et à nettoyer le jardin. À la tombée de la nuit, elles sont si fatiguées qu'elles peuvent à peine tenir debout. Cela n'empêche pas Rowena de continuer à les harceler.

— Fatiguées? Épuisées? Déçues? raille-t-elle en faisant irruption dans leur chambre. Peut-être allez-vous enfin me dire la vérité.

— Mais nous vous avons dit la vérité, insiste Geneviève.

— Il semble que vous n'ayez pas compris la leçon, réplique Rowena. Alors, demain, vous nettoierez les écuries. Quant à ce soir... ajoute-t-elle en sortant une grosse clé de sa poche, je vous enferme dans votre chambre. Personne n'ira danser, je vous le garantis.

Les princesses la fixent avec surprise.

— Papa ne nous enfermerait jamais, dit Délia.

— Votre père est malade, lui rappelle Rowena. Et comment pourrait-il en être autrement? Après avoir dû s'occuper de 12 filles sauvages comme vous... Si vous voulez que le roi aille mieux, laissez-le tranquille. La vérité, c'est qu'il a honte de vous. Pourquoi pensez-vous qu'il m'a fait venir?

Tandis que Rowena se glisse hors de la pièce, les jeunes filles se regardent les unes les autres.

— Je ne savais pas que papa était à ce point déçu de nous, fait remarquer Courtney.

— Tout va de travers, se lamente Fallon.

En voyant le visage triste de Geneviève, Twyla bondit sur ses pattes arrière. La chatte essaie de danser, espérant réconforter sa maîtresse.

— Twyla a raison, dit Geneviève à ses sœurs. Il y a un endroit où nous ne décevrons personne.

— Si papa pense que nous sommes un fardeau... commence Hadley.

— … il ira peut-être mieux si nous ne sommes plus là, conclut Isla.

— Nous ferions peut-être mieux de partir, reconnaît Ashlyn.

L'une après l'autre, les princesses ramassent leurs chaussons de danse. Elles doivent s'en aller. C'est le seul moyen de sauver leur père.

Chapitre 9
Le piège

Tôt le lendemain matin, Rowena se dirige vers la chambre des princesses. Quand elle arrive, Desmond s'incline devant elle jusqu'à terre.

— Personne n'est entré ni sorti, madame, affirme-t-il.

Rowena ouvre la porte et se prépare à réveiller les princesses. À sa grande surprise, les jeunes filles ont disparu.

— Desmond, viens ici! hurle-t-elle, furieuse.

Stupéfait, Desmond regarde la chambre vide.

— Mais je n'ai pas quitté mon poste une seule seconde, jure-t-il.

— Es-tu en train de me dire qu'elles se sont tout simplement volatilisées? demande Rowena. Retrouve-les!

Tandis que Desmond part à la recherche des jeunes filles, Rowena se rend auprès du roi. Même si les princesses ont disparu, la duchesse a bien l'intention d'exécuter le reste de son plan.

— Est-ce que vous vous sentez mieux aujourd'hui? demande-t-elle au roi, faisant mine de s'inquiéter de sa santé.

— J'ai bien peur que non, marmonne Rodolphe. Je suis si fatigué. Je peux à peine garder les yeux ouverts. Comment vont mes filles? Pensez-vous qu'elles auront le temps de venir me voir aujourd'hui?

Sans répondre, Rowena lui sert une tasse de thé. Quand le roi, épuisé, ferme les yeux, elle sort une petite bouteille noire de sa manche et verse quelques gouttes de poison dans la tasse.

— Vous vous occupez bien de moi, Rowena, murmure le roi.

— C'est vrai, répond Rowena en se retenant de

rire. Personne ne s'occupe de vous comme moi.

Laissant le roi boire son thé empoisonné, la duchesse se glisse hors de la chambre. Il faut absolument retrouver les princesses le plus vite possible. L'enjeu est trop important.

Plus tard dans l'après-midi, Derek arrive au château.

— Bonjour, dit-il au majordome lorsque celui-ci lui ouvre la porte. Puis-je parler à la princesse Geneviève?

Le majordome regarde des deux côtés pour s'assurer que personne ne peut l'entendre, puis il répond tout bas :

— Les princesses ont disparu. J'ai entendu madame la duchesse dire qu'elles s'étaient enfuies.

Soudain, le serviteur de Rowena apparaît derrière lui.

— Hé! le cordonnier, nous n'avons pas besoin de toi aujourd'hui, grogne-t-il, avant de lui claquer la porte au nez.

Derek recule de quelques pas.

— Dis-moi que tu vas t'en aller, supplie Félix, qui n'a pas du tout envie de désobéir à une personne aussi redoutable que Rowena.

— Oui, mais pas tout de suite, lui répond Derek.

Il tourne au coin du château et commence à grimper à la vigne fleurie qui mène jusqu'au balcon des princesses.

— Tu es fou! crie Félix. Si la duchesse te voit, elle te fera jeter au cachot!

Mais Derek ne tient pas compte de son avis et entre dans la chambre des jeunes filles. Les 12 lits sont encore faits. Visiblement, personne n'a dormi là la nuit dernière.

C'est bizarre. Mais il y a plus étrange encore : Derek remarque de la graisse pour chaussons sur les 12 fleurs qui ornent le plancher. Il se précipite sur la première fleur et entend un carillon. Puis un autre résonne quand il marche sur la deuxième fleur. Au troisième carillon, Derek se rappelle quelque chose.

— La danse de Geneviève, murmure-t-il en commençant à imiter la danse qu'a exécutée la princesse dans le jardin. Sept, huit, neuf, dix, onze...

Il regarde par terre.

— Ça y est, j'y suis. La dernière.

— Et maintenant? demande Félix.

— Trois pirouettes, répond Derek.

— Tu plaisantes, je suppose, dit Félix en riant pendant que le cordonnier fait trois tours complets sur lui-même.

— Qu'est-ce que tu espères? Que le sol s'ouvre sous tes pas?

Au même moment, l'escalier secret apparaît.

— Tu as quelque chose à ajouter? demande Derek en commençant à descendre les marches.

Pour une fois, Félix reste sans voix. Il s'élance pour rattraper son maître.

Tous deux disparaissent dans le passage secret sans savoir que Brutus, le singe de la duchesse, a observé toute la scène. Le méchant petit animal s'empresse d'aller chercher sa maîtresse pour lui expliquer ce qu'il a vu.

— C'est ça que tu voulais me montrer? hurle-t-elle quelques minutes plus tard en regardant le singe bondir de dalle en dalle dans la chambre des princesses. Mais enfin, qu'est-ce que tu fais?

Brutus saute sur la dernière fleur et attend. Il ne se passe rien.

— Je perds mon temps, soupire Rowena.

Au moment où elle s'apprête à quitter la pièce, le singe finit d'imiter la danse de Derek. Après avoir fait trois pirouettes sur ses petits talons, il recule. La dalle glisse sur le côté et l'escalier apparaît.

Rowena ouvre de grands yeux. Alors, c'est comme ça que les princesses se sont enfuies! Avec un petit sourire satisfait, elle descend les marches. Quelques instants plus tard, elle est au bord du lac doré et regarde en direction du kiosque.

— J'aimerais bien voir ce qui se passe là-bas, murmure-t-elle.

Une des fleurs-bijoux ouvre aussitôt ses pétales. La poudre magique se répand dans les airs, et une lunette d'approche apparaît dans les mains de Rowena.

— Merveilleux... roucoule la duchesse, surprise par l'extraordinaire pouvoir de la fleur. Cueilles-en quelques-unes, ordonne-t-elle à Brutus, tout en espionnant les 12 princesses. Le singe obéit à sa maîtresse et arrache deux fleurs du sol.

— Dépêche-toi, le presse Rowena avec un sourire rusé. Il faut profiter de l'occasion.

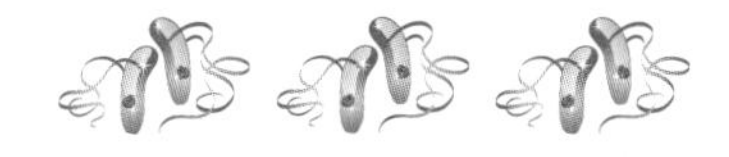

Derek ignore que quelqu'un l'a suivi dans le monde magique. Son seul souci pour l'instant est de trouver un moyen de traverser le lac et d'avertir Geneviève qu'elle doit se méfier de la duchesse.

Ses yeux tombent sur une petite barque. Vif comme l'éclair, il monte à bord et commence à ramer en direction de l'île.

La princesse Geneviève n'en croit pas ses yeux quand elle le voit s'approcher du pavillon, peu de temps après.

— Derek! s'exclame-t-elle. Mais qu'est-ce que vous faites ici?

Derek sort la coupe en argent de la poche de son manteau.

— Vous aviez raison de ne pas faire confiance à la duchesse. Elle a donné cette coupe à l'étranger que vous avez vu par la fenêtre.

— Derek a donné son cheval et sa calèche pour la racheter, ajoute Félix.

— C'est à vous qu'elle appartient, pas à lui, explique timidement le cordonnier.

Geneviève sourit au jeune garçon et une lueur d'espoir éclaire soudain son visage. Serait-il possible que Derek l'aime autant qu'elle l'aime?

— Pourquoi Rowena a-t-elle volé la coupe de maman? demande Ashlyn.

Mais elles n'ont plus le temps de se poser des questions.

— Nous devons rentrer au château et tout raconter à papa, dit Geneviève à ses sœurs.

Elle s'interrompt et regarde tristement autour d'elle, réalisant tout à coup les conséquences de ses paroles.

— Mais si nous partons maintenant, nous ne pourrons plus jamais revenir.

Les autres princesses la regardent, interloquées.

— L'histoire de maman... leur rappelle Geneviève. La princesse danse dans le monde magique seulement trois fois avant que celui-ci disparaisse pour toujours.

— Je n'arrive pas à me faire à l'idée que nous ne

reviendrons jamais ici, murmure Blair.

— Rowena pense peut-être que nous ne nous comportons pas comme de vraies princesses, mais elle a tort, déclare Geneviève. Nous sommes des princesses et nous n'abandonnerons pas papa. Il a besoin de nous.

Derek et les jeunes filles se dirigent rapidement vers le lac. Mais, au moment où ils vont embarquer, le bateau doré commence à disparaître. Puis, quelques instants plus tard, c'est au tour de l'abri à bateau, puis de l'escalier et enfin de la porte lumineuse elle-même.

— Nous sommes pris au piège, dit Édeline, la gorge serrée.

— Qu'allons-nous faire? demande Blair.

Chapitre 10
L'évasion

Une seule personne est assez méchante pour vouloir prendre les princesses au piège. C'est Rowena, bien sûr, qui est derrière tout ça. Avec Desmond, elle a brisé les dalles magiques dans la chambre des jeunes filles, détruisant ainsi le passage qui leur permettrait d'y revenir. Maintenant que Geneviève et ses sœurs sont enfermées, la duchesse n'a plus qu'une chose à faire pour exécuter son plan diabolique : en finir avec le roi Rodolphe. Alors, enfin, le royaume sera à elle!

Alors que souffle un vent glacial, elle se dirige

vers la chambre du roi.

— Les affaires du royaume vous réclament, dit-elle au roi, sachant très bien qu'il est trop faible pour s'occuper de quoi que ce soit.

— Je sais que ce serait une terrible charge, répond le roi en soupirant, mais pourriez-vous envisager de me remplacer, juste le temps que je guérisse?

Rowena s'efforce de cacher un petit rictus satisfait. *Guérir?* Elle fera tout pour que cela n'arrive jamais. Regardant le roi, elle lui sourit.

— Je ferais n'importe quoi pour vous aider, le rassure-t-elle.

Le roi Rodolphe fait signe à l'un de ses secrétaires qui s'approche aussitôt avec un morceau de parchemin et une plume pour écrire.

— Moi, le roi Rodolphe, proclame par la présente que la duchesse Rowena sera reine de mon royaume jusqu'à ce que je puisse reprendre mes fonctions royales, dicte le roi.

— Je suis très honorée, dit Rowena, qui

s'empare aussitôt de la couronne posée sur un coussin en satin et la place résolument sur sa tête.

La duchesse sourit, triomphante. Maintenant que le roi est mourant et que les princesses sont enfermées dans leur prison magique, plus personne ne peut l'arrêter.

Pourtant, Rowena a mal jugé les princesses. Elles ne sont pas du genre à renoncer, surtout quand leur père est en danger. Justement, elles sont en train de chercher un moyen de sortir du monde magique.

Soudain, Geneviève a une idée.

— J'aimerais savoir comment sortir d'ici, dit-elle en se tournant vers les fleurs-bijoux. Aussitôt, plusieurs fleurs ouvrent leurs pétales et la poudre magique se pose sur 12 dalles dans le sol du pavillon. Tout devient clair pour les princesses.

— Nous avons dansé pour entrer... commence Hadley.

— ... et nous danserons pour sortir, continue Isla, toute contente.

Geneviève se dirige vers la première dalle lumineuse. Au même moment, Derek pose le pied sur la dalle. On entend un bruit de carillon.

Avec un sourire heureux, Derek tend la main à Geneviève.

— M'accorderez-vous cette danse, princesse? demande-t-il, soudain plein d'assurance.

— Avec plaisir, répond Geneviève en mettant sa main dans la sienne.

La princesse et le cordonnier valsent, touchant

les dalles exactement au même instant. Quand ils atteignent la douzième et dernière dalle, un escalier circulaire apparaît par magie. Ils ont trouvé le moyen de rentrer chez eux.

Et Geneviève, elle, a trouvé le grand amour.

L'une après l'autre, les 12 princesses montent l'escalier et, bien vite, se retrouvent dans le parc du château. Dès que le pied de la dernière princesse quitte la dernière marche, l'escalier disparaît, et le passage secret vers le monde magique se referme pour toujours.

— Le monde magique va me manquer, soupire Ashlyn.

— Il nous manquera à toutes, confirme Fallon.

— Rentrons au château, dit Geneviève, qui a hâte de parler à son père du plan diabolique de Rowena.

Mais celle-ci a pris ses dispositions, au cas où les princesses arriveraient à s'échapper. Les jeunes filles longent une grande haie lorsqu'elles entendent deux sentinelles discuter de l'autre côté.

— La reine Rowena nous a donné des ordres, dit l'une des sentinelles à l'autre. Nous devons capturer les princesses et les jeter au cachot.

Les jeunes filles se regardent, stupéfaites. La *reine* Rowena?

— Et le roi? interroge la seconde sentinelle.

— Il est très malade, et ne passera sûrement pas la nuit, répond l'autre.

— Nous devons le sauver! murmure Geneviève à ses sœurs.

— Mais si Rowena est la reine... dit craintivement Courtney.

Geneviève secoue la tête.

— Nous avons quelque chose que Rowena n'a pas, assure-t-elle d'un ton ferme. Nous sommes 12. J'ai un plan.

Chapitre 11
Des vœux exaucés

Il n'y a pas de temps à perdre. Geneviève décide donc de mettre tout de suite son plan à exécution. Comme Blair est une excellente cavalière, elle a pour mission de voler le cheval d'une des sentinelles et d'aller chercher le médecin.

Les autres sœurs attirent les sentinelles loin du château, pendant que Geneviève se glisse en hâte à l'intérieur pour aller avertir leur père. Elle ne peut qu'espérer qu'il ne soit pas trop tard.

Malheureusement, au moment où Geneviève et Derek pénètrent dans la chambre du roi, la jeune princesse voit son père tomber, et la tasse vide qu'il tenait dans ses mains se briser sur le sol.

— Papa! crie la princesse en se précipitant dans la pièce.

Elle regarde Rowena.

— Que lui avez-vous fait?

La nouvelle reine n'a pas l'intention de se lancer dans une discussion avec la princesse. Sortant de sa poche l'une des fleurs-bijoux qu'elle a volées dans le monde magique, elle se tourne vers une armure dans le coin de la pièce.

— Je souhaite que les armures protègent la reine.

Aussitôt, deux armures prennent vie. L'une brandit un fléau, et l'autre, une épée. Quand la

première armure lève son fléau, Derek plonge de côté. La redoutable boule heurte un bureau et le fracasse en mille morceaux.

Maintenant, la seconde armure se tourne vers Geneviève. Lorsque Derek voit le danger qui menace la princesse, il pousse une table entre elle et l'armure. Geneviève se jette sous la table juste à temps. Le meuble se brise, mais Geneviève n'est pas blessée.

Rapidement, la princesse tend à Derek un pied de la table cassée. Le jeune cordonnier s'en sert aussitôt pour frapper l'armure et faire tomber le fléau.

Geneviève ramasse celui-ci et en enroule la chaîne autour des jambes de la seconde armure qui s'écroule dans un grand fracas et se brise.

— On peut faire beaucoup à deux, dit Geneviève à Derek.

— Je suis tout à fait d'accord, acquiesce le jeune homme.

Les armures sont détruites, mais Rowena a

encore une fleur dans la main.

— Le cachot serait trop bon pour toi, dit-elle à Geneviève. Alors, pourquoi ne pas te donner ce dont tu as toujours rêvé? Je souhaite que tu danses pour très l'éternité.

Quand la fleur-bijou ouvre ses pétales, Rowena souffle fort en direction de Geneviève pour que la poussière magique tombe sur la princesse. Mais cette dernière s'y attendait. Elle sort un délicat éventail de sa robe et commence à l'agiter, exactement comme Rowena le lui a appris pendant ses leçons d'étiquette. La poudre magique change de direction et vole vers Rowena dont les souliers se mettent tout à coup à briller; puis ses pieds commencent à bouger frénétiquement.

— Je vais vous aider, madame la duchesse! crie Desmond.

Mais lorsqu'il se précipite vers elle, un peu de poudre atterrit sur ses propres souliers. La duchesse et son serviteur sont maintenant liés l'un à l'autre, condamnés à danser ensemble pour

le reste de leurs jours.

Tandis que Rowena et Desmond s'éloignent du château en pirouettant, Derek et Geneviève se penchent sur le roi.

— Il respire à peine, dit Derek en prenant son pouls.

— Et s'il était déjà trop tard? s'inquiète Geneviève. Pourquoi Blair n'est-elle pas encore arrivée avec le médecin?

Soudain, une petite voix se fait entendre à l'autre bout de la pièce.

— Je pense que je peux aider papa, dit Lacey en détachant une petite fiole de son cou. Elle verse quelques gouttes d'eau claire sur les lèvres de son père.

— C'est de l'eau du lac, explique-t-elle. J'en ai pris un peu quand je me suis égratigné le genou.

Le roi Rodolphe ouvre lentement les yeux. Déjà, il reprend des couleurs.

— Lacey? dit-il en regardant la plus jeune de ses filles.

Puis il lève les yeux.

— Geneviève?

— Nous pensions t'avoir perdu, dit Geneviève en le serrant très fort dans ses bras.

— C'était Rowena qui m'empoisonnait, devine le roi. Comment ai-je pu être aussi aveugle? Tout cela ne serait pas arrivé si je ne m'étais pas inquiété de ce que pensaient les autres. Chacune de vous est une princesse très spéciale, et vous accomplirez toutes de grandes choses, chacune à votre manière, comme votre mère me l'a si souvent répété!

Chapitre 12
Un mariage somptueux

Geneviève traverse grâcieusement la pelouse magnifique du château. Elle s'avance vers son futur époux, sa longue traîne flottant au vent derrière elle. Tous les invités retiennent leur souffle, éblouis par tant de beauté. Geneviève est sans nul doute la plus belle mariée que le royaume ait jamais vue.

Derek fait un pas vers la princesse pour l'accueillir et, prenant sa main, la conduit vers un kiosque tout blanc, décoré des plus jolies fleurs du royaume. Les mariés se tiennent l'un près de l'autre et se déclarent leur amour. Une fois la cérémonie terminée, Derek prend Geneviève dans ses bras et les nouveaux époux se mettent à danser au son mélodieux de la musique. Maintenant et pour toujours, ils danseront en parfaite harmonie.